Johannes Grau

Motorradgeschichten

Johannes Grau

Motorradgeschichten

Wir sind nicht alleine unterwegs

Fromm Verlag

Imprint

Any brand names and product names mentioned in this book are subject to trademark, brand or patent protection and are trademarks or registered trademarks of their respective holders. The use of brand names, product names, common names, trade names, product descriptions etc. even without a particular marking in this work is in no way to be construed to mean that such names may be regarded as unrestricted in respect of trademark and brand protection legislation and could thus be used by anyone.

Cover image: www.ingimage.com

Publisher:
Fromm Verlag
is a trademark of
International Book Market Service Ltd., member of OmniScriptum Publishing Group
17 Meldrum Street, Beau Bassin 71504, Mauritius

Printed at: see last page
ISBN: 978-620-2-44101-8

Motorradgeschichten

Wir sind nicht alleine unterwegs

Johannes Grau

Motorradgeschichten - Johannes Grau erzählt

1. SPURENSUCHE…

Warum gerade Motorradfahren?

Wer sich die Aufgabe stellt, diese Art von Menschen zu beschreiben, gleicht jemand, der als Maus versucht, einen Elefanten hoch zu heben, oder einer Ameise, die einen Blauwal besteigt um ihn zu erkunden.

Die typischen Schlagworte, wie Freiheit und Abenteuer helfen hier nur bedingt weiter. Die Motivation, mit solchen Maschinen los zu fahren, ist möglicherweise einfacher auszumachen, weil es eine Auseinandersetzung mit Technik und Physik ist, die besondere Emotionen und Glücksmomente beschert, die einen ganz besonderen Nerv kitzeln.

Seit der Erfindung des Laufrades durch Freiherr von Drais im Jahre 1817 wurde etwas bei den Menschen weltweit freigesetzt, das in der Entwicklung zum Motorrad durch Gottlieb Daimler 1885 seinen Siegeszug um den Globus begann. Die Möglichkeit sich individuell schneller zu bewegen als zu Fuß oder mit dem Pferd zum einen und das Potenzial unermesslicher Steigerung der Geschwindigkeit zum andern. Das war neu, und setzte einen Virus frei, der bis heute nicht heilbar ist.

Die Bemühungen, dieser Entwicklung Einhalt zu gebieten scheitern. Die logische Erklärung, dass es gefährlich und umweltschädlich ist, greift nur sehr bedingt. Nicht dass die ganze Sache unvernünftig wäre, aber Faszination lässt sich durch blanke Logik nicht lenken.

Dass die erste Überlandfahrt mit einem Auto ausgerechnet von einer Frau namens Bertha Benz erfolgreich in Angriff genommen wurde, zeigt, dass beide Geschlechter „vom Virus befallen werden können".

Heute würde aber niemand mehr dieses Wort gebrauchen, um Autofahrer zu beschreiben, weil es einfach zu einem Alltagsgegenstand geworden ist, der von sehr vielen Menschen benutzt werden kann.

Das ist aber nicht unbedingt auf Motorräder zu übertragen.

Wichtig ist es mir aber, festzuhalten, dass es sehr große Unterschiede in der Geschicklichkeit bei der Bedienung und Pflege der Fahrzeuge gibt.

Wer in anderen Erdteilen unterwegs ist, kann beobachten, dass die Bedeutung des Motorrades sehr unterschiedlich gehandhabt wird. In Asien, Lateinamerika und Afrika ist es nach wie vor ein beliebtes, weil bezahlbares, Transportmittel für den kleinen Mann/Frau. Die gigantischen Megastädte sind ohne Fahrräder, Motorroller und Motorräder gar nicht denkbar.

Aber diese Kategorie von Alltags-Nutzern rechne ich nicht zwingend unter die passionierten Motorradfahrer, die aus Überzeugung und nicht aus der Not heraus fahren.

In Europa und Amerika ist es zu einem Statussymbol erwachsen, mit dem man seine Individualität ausdrückt und Luxus zeigt. Man positioniert sich. Die Werbung für Motorräder und das entsprechende Zubehör schmieren uns mit wohlgeformten Worten und extremen Bildern Honig ums Maul und versprechen uns die Erfüllung unserer geheimsten Träume, wenn wir nur unseren Geldbeutel für diese Späße öffnen.

Oldtimerfreunde sind hier als besondere Gruppe zu betrachten, weil sie besondere Liebe zu den altbekannten Formen und Designs haben, die sie gerne erhalten wollen. Damals waren die Maschinen noch aus Metall gebaut, nicht aus Plastik wie heutzutage. Kindheitsträume werden so lange wie möglich am Leben erhalten. Für jemand, der selber schraubt, ist dieses Moment eine echte Herausforderung und Bestätigung, wenn man es noch „drauf" hat. Hier ist sensibles Fingerspitzengefühl und handwerkliches Geschick gefragt.

Für jemanden der nicht selber schrauben kann, wird diese Sparte allerdings zu einem kostspieligen Abenteuer. Aber man hat auf jeden Fall die „Hingucker" und „Neider" auf seiner Seite.

In meiner Jugendzeit gehörte es einfach dazu, seine eigene Maschine aus einem Haufen alter, gebrauchter Motorräder und Einzelteilen wieder zum Leben zu erwecken. Ein unausgesprochenes Muss, um in die „Kaste" der richtigen Motorradfahrer gerechnet werden zu können. Die Benutzung eines Autos war eine reine Notlösung und unter der Würde eines richtigen Kerls, der jedem Wetter trotzt.

Wer eine neue Maschine kaufen konnte, war eben schon eine Stufe weiter nach oben gekommen, hatte reiche Eltern oder eine spendable Oma, oder war schlichtweg eben nicht in der Lage, so eine Wiederbelebung toten Materials zu bewerkstelligen.

Aber genug der Philosophie! Ich schreibe die Geschichten aus meiner Sicht und wünsche Dir so manches „Aha"-Erlebnis dabei.

Als ich 14 Jahre alt war, hatte ich die besondere Gelegenheit, eine brandneue Maschine einen ganzen Tag lang zu studieren. Es war eine Honda CB 750 Four. Sie stand auf einem Parkplatz und wartete sozusagen auf mich. Und sie war unbeschreiblich.

Bisher kannte ich nur die kleinen 50ccm 2-Takt Mopeds meines Bruders mit denen ich auch ab und zu im Garten herumfahren durfte. Ansonsten waren nur ältere Motorräder in meinem Umfeld unterwegs. Ich hatte bis dahin keinen wirklichen Kontakt zu neuen, heißen Maschinen gehabt. Aber das Virus war im Anflug. Es gab kein Gegenmittel.

Nur war der Weg nach oben durch die lästigen Altershürden mit Hindernissen verstellt. Erst ab 15 Jahren gab es die Möglichkeit eines Mofas mit 25 km/h, dann mit 16 Jahren den Aufstieg zum Moped/Mokick mit 40km/h.

Die unendliche Wartezeit bis ich mit 18 Jahren schließlich den Führerschein der Klasse 1 erwerben konnte, war unbarmherzig lang. Aber Not macht erfinderisch und so startete ich mit einer uralten 98 ccm Viertakt NSU Fox meinen Weg in die Motorradzukunft. Ich lernte das „Schrauben" selbständig. Mir fiel es leicht, die technischen Details zu begreifen und hatte immer ein gutes Händchen bei der Pflege meiner Fahrzeuge. Frisieren war nicht meine Sache. Ich sah ja, wie teuer es werden konnte, wenn man etwas verbockte und wie oft die Geräte dann auch mit Defekt liegen blieben.

Mir war es wichtig, ein zuverlässiges Motorrad zu haben, das gute Leistung abgab. Damit bin ich immer gut gefahren. Bis heute. Je besser man sein Fahrzeug kennt, desto mehr Freude kann man erleben, weil man sich einfach drauf verlassen kann, dass es funktioniert. Mir geht das jedenfalls so. Schneller Fahrzeugwechsel war nie meins.

Meine Ausbildung als Motorradmechaniker glich eher der Erfüllung eines Traumes. Ich fand eine Honda Werkstätte, die neu eröffnet hatte und mich als Lehrling aufnahm. Und das geschah eigentlich durch einen Putzlappen: Ich durfte meine Traummaschine zu einem Proberitt ausführen. Für den Honda Händler damals ein großes Risiko, denn meine NSU hatte gerade mal 5,5 PS und fuhr ca. 80km/h.

Die Honda 750 hatte 67 PS und konnte 200 km/h schnell fahren. Damals gab es noch keine Geschwindigkeitsbegrenzung auf deutschen Straßen!

Als ich einige Zeit vorsichtig gefahren war, überraschte mich ein kurzer Regenschauer und das nagelneue Motorrad wurde leicht dreckig.

Es war natürlich etwas gemein, dass ich ausgebremst wurde, denn an schnelles Fahren war jetzt nicht mehr zu denken. Der Ofen war viel zu kostbar und es wäre unverzeihlich, wenn ich das gute Stück 'flachlegen' würde.

Als ich wieder unversehrt in der Werkstatt ankam, fragte ich - für mich ganz selbstverständlich - nach einem Lappen, um die Maschine wieder zu reinigen.

Zwei Mechaniker unterhielten sich während dieser Putzaktion mit mir. Es stellte sich später heraus, dass einer davon mein zukünftiger Chef war.

Ich glaube, dass ihm so ein „Kunde" noch nicht untergekommen war, der nach einer unverbindlichen Probefahrt das Fahrzeug aus eigenem Antrieb und Interesse putzt. Ich war von vorneherein kein Kandidat dieses Motorrad kaufen zu können. Mir war es aber wichtig, diese Maschine nicht nur zu fahren, sondern sie auch berühren zu dürfen. Sie sollte in jungfräulichem Zustand zurückgegeben werden.

In der Regel ist es üblich in Motorradkreisen, dass man die Finger von der Maschine eines anderen zu lassen hat.

Nur „mit den Augen schauen". Ebenso wie von der Frau/Freundin des anderen. Da konnte man sich schon mal Prügel holen, auf jeden Fall unschöne, grobe Worte.

Uns somit bekam ich nach meiner Wahrnehmung diese Stelle als Mechaniker - durch einen Putzlappen, genauer gesagt, weil ich mir nicht zu fein war, mir die Finger schmutzig zu machen. Bei der Unterzeichnung des Lehrvertrags wollte mein Chef kein Zeugnis sehen, das hatte sich schon erledigt. Das war für mich aus heutiger Sicht gesehen ein kleiner Hinweis darauf: „Du bist nicht allein unterwegs." Gott ist da, aber das konnte ich zu diesem Zeitpunkt nicht begreifen, denn es war zu genial, was hier passierte.

Während meiner 3-jährigen Lehrzeit lernte ich den Deutsch-Kolumbianer Manfred Rau in „meiner" Werkstatt kennen.

Dieser Mann hatte etwas ganz Besonderes an sich. Obwohl er nicht einmal richtig Deutsch konnte, zeigte er mir eine bisher nie gekannte Begabung, mit Material umzugehen.

Er konnte aus ein paar Metern Rohr einen Motorradrahmen formen und zusammenlöten, wie ich es noch nie gesehen hatte. Alles was er in die Hand nahm, formte sich in Windeseile zu dem Stoff, den wir uns als „Rennfreaks“ erträumten. Er machte sich kurze Zeit später selbständig, weil ein Freund und ich ihm das Vertrauen entgegenbrachten, dass er uns helfen könnte, 2 spezielle Motorräder zu bauen, die sonst niemand hatte: „Rennmaschinen“. Die Aussicht, dass wir diese heißen Eisen sogar auf die Straße zulassen konnten, war die Krönung.

Mein „Schrauber-Talent“ passte hier sehr gut ins Konzept, und so verließ ich nach Abschluss meiner Ausbildung die Honda Werkstatt und war nun „Motorradbauer“.

Mein Streben nach Unabhängigkeit fand in der Gründung einer eigenen Werkstatt seinen Ausdruck, die ich in etwa dem gleichen Zeitraum eröffnete.

Rennen fahren kam nun auch hinzu, aber ich schaffte es immer nur, auf Platz 10 oder 11 zu kommen. Die anderen waren immer schneller, weil sie besseres Material hatten, eben richtige Rennmaschinen.

Meine Chancen wollte ich aber auf jeden Fall verbessern; ich plante, mehr zu trainieren. Aber gleich beim 1. Trainingslauf in Hockenheim stürzte ich unglücklich und war erst einmal verletzt.

Das Schlimmste aber war das „kranke Motorrad“. So nach und nach kam die Instandsetzung in Gang, aber der heiße Draht zum schnellen Fahren auf der Straße war weg. Training nur auf Rennstrecken war unerschwinglich und zu zeitaufwändig.

Es wurde mir auch klar, dass es doch zu gefährlich war auf öffentlichen Straßen mit „Normalos“ gemeinsam unterwegs zu sein.

Otto Normalfahrer kann das gar nicht einschätzen, wenn einem unangemeldet eine „Granate“ begegnet, die gerade dabei ist, den aktuellen Streckenrekord zu toppen.

Ich verlegte mich daraufhin aufs Geländefahren und verkaufte schweren Herzens meine Eigenbau Rau-Honda 500 Four.

Rennen fahren war abgesagt. Ich hatte nicht das Zeug dazu! Auch nicht im Gelände. Moto-Cross war mir zu riskant, richtig aktives Trial fahren war´s auch nicht.

Es sollte für mich einfach nur Hobby sein, so wie ich es umsetzen konnte.

In den vielen Jahren haben sich dramatische Unfälle im Kreise meiner Freunde, Bekannten und Kunden ereignet. Auch weltbekannte Rennfahrer mussten sterben oder waren so schwer verletzt, dass die Karriere beendet werden musste.

Ich war jedes Mal betroffen und ratlos, denn mir war in all den Jahren nie wirklich etwas Schlimmes passiert. Es gab zwar demolierte Maschinen und leichtere Verletzungen in meiner Laufbahn, aber es heilte immer wieder kurzfristig aus.

Warum blieb ich bewahrt?

Aus meinem Freundeskreis wurden Menschen einfach weggerissen, nicht nur durch Unfälle, sondern auch durch den „Goldenen Schuss". Das Leben ging aber immer wieder weiter.

Für tiefergehende Gedanken war kein Platz, keine Zeit, keine Notwendigkeit. Motorräder waren mein Leben. Alles drehte sich nur um diese Sache.

Weil ich selbständig davon leben wollte, hatte ich nur noch das Überleben im Sinn. Das Glück einen florierenden Betrieb aufzubauen blieb mir verwehrt. Ich kam eher gerade so durch.

Schließlich bekam ich auch Vertretungen kleiner ital. Motorrädchen 50-600 ccm. Damit geriet der Betrieb auch nach und nach in die Schuldenfalle, denn ich hätte sehr viel mehr Gewinn machen müssen, um klar zu kommen.

Jetzt fühlte ich mich allein gelassen. Angebliche „Freunde" und „gute Kunden" kauften auch oft bei der Konkurrenz ein, das machte mich auf die Dauer mürbe und frustriert. Ich hätte mehr Kundentreue erwartet, denn mein Engagement war enorm, meiner subjektiven Einschätzung nach.

„An deinen Freunden verdienst du kein Geld, das musst du mit den Fremden machen" war der Kommentar eines Bekannten.

Das half mir aber nicht weiter, wenn die „Fremden" dann auch noch ausbleiben...

Jetzt begann das Virus seine „Lebensfreude vernichtende Arbeit".

Ich hatte kein tragfähiges Fundament. Mein „Schrauber-Talent" reichte eben nicht aus – „goldene Finger" hin oder her. Einem Banker bringt das nichts. Er muss und will Geld sehen.

Wenn einem die Kundschaft fehlt, läuft eben nichts. Und so drehte sich die Spirale langsam aber sicher weiter nach unten.

1986 - das Jahr der Wende
Am 2. Januar machte ich mich an einen langgehegten Wunsch: ein Schnittmodell von einem Motorradmotor bauen - mit allen Schikanen. Das machte wieder Freude. Ich baute nur für mich und entdeckte erneut, dass ich auch hier eine besondere Begabung hatte.

Die Ergebnisse meines Arbeitsstils waren so ganz anders, als das, was ich bisher in Berufsschulen und in Zeitungen abgebildet gesehen hatte, dass ich selbst ganz fasziniert war, wie gut es mir gelang, die diffizilsten Details herauszuarbeiten.

Aber das half ja auch nicht weiter, um in den Genuss der dringend benötigten Geldmittel zu gelangen. Der Frust darüber war einfach nicht abzuschütteln.

Dann kam der 30. April. Ich kam in den Regen, der in dieser Nacht fiel und wurde klatschnass. Das Auto einer Bekannten die bei uns zu Besuch war, sprang nicht an. Also anschieben. Hat aber auch nicht geklappt und ich war danach total außer Puste, ging danach unter die Dusche und dann sofort völlig erschöpft ins Bett.

Am nächsten Morgen war Feiertag, der 1. Mai! Man geht raus in die Natur und trinkt etwas, freut sich und ist guter Dinge. Als ich am Abend nach Hause kam, öffnete ich erstmal alle Fenster um durchzulüften, dann Fernseher einschalten: Nachrichten!

„ACHTUNG, ACHTUNG, dringender Aufruf an die Bevölkerung: Halten sie die Fenster geschlossen, lassen sie ihre Kinder nicht im Sand oder im Gras spielen, trinken sie keine Milch, essen sie keinen Salat, Kleidung unbedingt sofort waschen, Körperreinigung ist unbedingt erforderlich!?!"

Fragen über Fragen. Was war passiert?

Reaktorunfall in Tschernobyl – Super-GAU - alles verstrahlt. Messgeräte werden ausgegeben. Alle Nahrungsmittel werden geprüft.

Der sonst bei uns übliche Westwind hatte sich ausgerechnet an diesem Wochenende zu einer Strömung aus Osten gedreht und somit den gesamten „Fall out" des brennenden Reaktors über Polen, Österreich, Bayern, Franken, Süddeutschland und der Schweiz durch diesen heftigen Regen abgeladen. Und ich war mittendrin! Zusammen mit meinem 4-jährigen Sohn war ich noch vor ein paar Stunden im Wald unterwegs gewesen. Ich war schockiert und hatte nun gar keine Antworten mehr für mich: Das war definitiv zu viel!

Die Arbeit an den Motorrädern meiner Kunden war in der Hauptsache die Pflege und Reparatur von Geländemaschinen, die in der Regel nicht sehr penibel gesäubert bei mir in der Werkstatt standen. Wenn also alles verstrahlt ist, dann habe ich ab jetzt täglich mit diesem unsichtbaren Feind der Strahlung zu tun und ich kann mich davor nicht schützen. Ich wollte nicht warten, bis ich die Diagnose von Leukämie bekommen würde. Ich wollte so nicht sterben. So nicht!

Mir zog es von Tag zu Tag mehr den Boden unter den Füßen weg. Verlässliche Infos wurden nicht veröffentlicht. Spekulationen und Horrorvisionen kursierten. Ich sah mich nur noch von einem Heer aus Lügnern und Betrügern umgeben.

Es gab auch Leute in meinem Bekanntenkreis, die das alles überhaupt nicht belastete. Sie waren so cool drauf, dass es mich abstieß, mit ihnen zusammen zu sein. Ich schaffte das nicht.

Ich fühlte diese absolute Einsamkeit, aus der es kein Entrinnen zu geben schien. Ich war hilflos. Hatte Schulden, eine schwierige Ehesituation, Probleme mit Importeuren und Kunden wegen Garantieansprüchen, nicht genügend zahlungskräftige Kundschaft... Der Gedanke an meinen Sohn und dessen völlig abstruse Zukunft machte mich auch verrückt.... - und so spielte ich mit dem Gedanken an Selbstmord.

Zum besseren Verstehen: Meine Mutter war eine gläubige Christin und lud mich immer wieder zu den Gottesdiensten ein. Aber ich hatte für sowas keine Zeit. Ich sah auch keine Notwendigkeit, mich mit dieser Sache zu konfrontieren.

Aber einmal hatte sie mich doch herumgekriegt, zu kommen. Ich war tief berührt worden an dem Abend. Evangelist Harold Hermann, der im 2. Weltkrieg als Kameramann den Atombombenabwurf der US-Armee in Hiroshima als 1. Reporter dokumentiert hatte, erzählte aus seinem Leben.

Bei der Gelegenheit, für sich beten zu lassen, ging ich zu ihm. Er betete mit mir und segnete mich. Er empfahl mir, täglich die Bibel zu lesen und zu beten.

Ich habe damit angefangen, aber das half mir nicht groß weiter, denn ich stand mir sozusagen immer auf den Füßen.

Durch das, was ich las, wurde ich immer wieder mit meinen Fehlern, Schwächen und Sünden konfrontiert. Ich konnte damit nicht umgehen, las aber trotzdem weiter, denn es war trotzdem interessant und neu für mich, was ich da las. Ich studierte das letzte Buch der Bibel: Die Offenbarung, denn ich wollte wissen, wie es ausgeht....

Doch nun zurück zu Tschernobyl: Ich saß also bei mir zu Hause und dachte über die Selbsttötung nach. Es war mir in der Zwischenzeit egal, was aus meinem Sohn, meiner Frau, meinen Eltern, den Schulden und den Kunden werden würde. Ich wollte nur Schluss machen mit diesem Stress, den ich nicht mehr aushalten konnte.

„Wie wird es wohl sein, wenn die Kugel ins Gehirn eindringt?" fragte ich mich.

Völlig unerwartet hörte ich Bibelworte, die Jesus gesagt hatte in meinem Kopf. Es war keine Stimme die im Raum sprach, aber ich konnte klar und deutlich die Worte empfangen:

„Wenn du das tust, und vor meinen Thron kommst, dann schmeiße ich dich raus..."

„Sobald der Hausherr aufgestanden ist und die Tür verschlossen hat und ihr anfangt, draußen zu stehen und an die Tür zu klopfen und zu sagen: Herr, tu uns auf!, dann wird er antworten und zu euch sagen: Ich weiß nicht, wo ihr her seid?" (Lukas13,25)

Ich spürte, dass er mich ganz persönlich damit meinte.

Mit Gott hatte ich nichts am Hut und in die Hölle wollte ich nicht. In den Himmel aber schon.

Damit endete die kurze Ansage in meinem Innern und mir war von diesem Moment an klar, dass mein Gedankenspiel, mich aus dem Leben zu stehlen, der Holzweg war.

Ich ließ diesen Gedanken fallen wie eine heiße Kartoffel. Aber jetzt stand ich da, und wusste auch nicht, wie es weitergehen sollte.

Ungefähr 6 Wochen später war Pfingsten, und meine Mutter lud mich wieder einmal zu einem Gottesdienst ein. Es sei ein sehr interessanter Redner zu hören. Ich ging hin. In dieser einen Stunde hörte ich Dinge, die für mich wie die Faust aufs Auge passten. Jay Rawlings, ein Mann aus Kanada, berichtete von Erlebnissen, die mich glatt umhauten.

Er war der erste Mensch seit langem, dem ich zu 100 % abnehmen konnte was er sagte. Es war eigenartig, ich bekam Antworten auf meine Fragen. Das machte mir Hoffnung. Als ich nach der Kirche nach Hause kam, wurde ich von meiner Frau mit Hohn und Spott begrüßt: „Wo kommst du denn her?" - „Ich war im Gottesdienst" - „Dann geh doch am besten gleich wieder zu deinen Irren, wenn du dort glücklich wirst!" Das war's dann für mich gewesen.

Jetzt gab es für mich kein Zurück mehr. Ich rannte zum Gemeindehaus um die Männer dort noch anzutreffen, denn mir war klar, wenn ich heute die Entscheidung für Jesus wieder verschiebe, dann werde ich möglicherweise keine Gelegenheit mehr dazu bekommen. Außerdem musste ich unbedingt herausfinden, wer oder was die Wahrheit ist.

Ich traf Jay Rawlings, Arie Ben Israel und meine Mutter noch an. Die anderen waren alle schon gegangen. Ich sagte ihnen dass ich jetzt bereit sei, mein Leben in die Hände Gottes zu legen, denn ich hatte definitiv nichts mehr zu verlieren. Ich ging auf meine Knie und schüttete mein Herz im Gebet vor Gott aus:

„Jesus, wenn es dich wirklich gibt, dann muss ich das wissen. Wenn die Dinge über den Heiligen Geist wahr sind, so wie ich das heute gehört habe, dann muss ich das wissen. Taufe mich mit dem Heiligen Geist! Ich habe so viele Fehler gemacht, es tut mir unendlich leid, vergib mir alle meine Sünden und reinige mich, bitte! Mach mit meinem Leben was du willst."

Danach war es mir, als ob eine Person direkt vor mir stünde. Abstand ca. 1,0 cm! Die „Stimme" kannte ich schon - sie sprach zu mir:

„Ich lebe! Das was du jetzt weißt, musst du allen deinen Freunden sagen, die fahren sonst zur Hölle!"

Das genügte mir! Ich war überwältigt und froh, dass ich eine konkrete Antwort bekam und nicht auf ein „Später - irgendwann einmal" vertröstet wurde.

Ich durfte erfahren, wie eine große, schwere Last von meinen Schultern genommen wurde. Die ganze Frustration und Hoffnungslosigkeit löste sich. Ich erlebte ein unbeschreibliches Gefühl der Annahme und Geborgenheit. Ein richtiges Heimkommen. Es war so, dass es von jetzt an eine stille Übereinkunft zwischen mir und Gott gab:

Das, was in der Bibel steht, ist für mich und Gott verbindlich. So etwas kannte ich bisher nicht. Das war ganz neu. Ich hatte ein echtes Gegenüber, das mich auf Augenhöhe ernst nahm. Und zu meinem Erstaunen war es nicht einengend und kleinkariert, sondern befreiend und aufbauend; Ganz anders, als ich immer gedacht hatte. Ich bekam Hoffnung für die mir unbekannte Zukunft. Und ich hatte sehr große Freude in meinem Herzen, die ich so noch nie empfunden hatte.

Das war meine am größten einschneidende Entscheidung, die ich mit Gottes Hilfe treffen durfte. Er hat Menschen dazu gebraucht, die mir mit Rat und Tat zur Seite standen, dass das klappen durfte. Ich wusste in meinem Herzen, dass ich in den Himmel komme, wenn ich sterbe. Egal wie es passiert. Das was mich von Gott trennte, war aufgehoben. Ich merkte das ganz intensiv daran, dass ich keinerlei Groll meiner Frau gegenüber in mir hatte, die mich gerade vor einer halben Stunde rausgeworfen hatte. Im Gegenteil, ich hatte ihr schon vergeben, obwohl wir noch nicht einmal die Zeit hatten, miteinander zu sprechen. Ging ja auch gar nicht, denn dieses Ereignis spielte sich innerhalb von ca. 1 Stunde ab. Ich war ein neuer Mensch!

Die äußeren Umstände waren noch genauso wie davor, aber im „Inneren" war alles anders. Ganz neu und ganz frisch, voller Leben und Spannung auf das, was passieren würde.

Und es hat sich alles geändert, zum Guten. Es lief anders, als ich zuerst dachte, aber es ist genial und so erstaunlich, was Gott tun kann.

Ich wünsche mir so sehr, dass viele andere Menschen das auch erleben dürfen.

Deshalb schreibe ich meine Geschichte, um andere zu ermutigen, diesen Jesus von ganzem Herzen zu suchen, denn Gott gibt ein besonderes Versprechen dafür:

„Ich werde mich finden lassen."

2. ANDREAS – SEIN GEBET UND DIE FOLGEN

Wir sitzen zusammen im Wohnzimmer und tauschen uns aus. Andreas platzt mit einer Neuigkeit heraus: „Ich habe mir einen Koran gekauft und will mich mal kundig machen."

Ich bin erst einmal platt. Wie kommt man darauf, sich mit so etwas zu befassen?

Wir kommen ins Gespräch, denn Andreas weiß, dass sich mein Leben radikal verändert hat.

Ich habe eine ganz bewusste, und entschiedene Kehrtwende vollzogen und mein Leben Jesus Christus anvertraut. Die daraus entstandene Situation in meinem Alltag hat bei Frau und Freunden ganz schön Wellen geschlagen.

Unser Austausch kommt in „tiefere Gewässer," weg vom oberflächlichen „Blabla".

Die Frage kommt auf den Punkt: Wie kann Andreas herausfinden, ob Christus tatsächlich auferstanden ist und lebt?

Wir knien uns am Sofa nieder und beten: „Jesus, wenn es Dich wirklich gibt, dann zeige Dich mir! Amen."

Andreas verlässt mich ziemlich aufgewühlt, aber gespannt, was wohl passieren wird. Nach ca. 14 Tagen macht Andreas mit 2 Freunden eine Ausfahrt mit den Motorrädern in einem wunderschönen Flusstal. Es kommt zu einem Sturz. Andreas berührt mit seinem Vorderrad den Auspuff des vor ihm fahrenden Kollegen. Sie waren noch nicht mal schnell unterwegs. Es war einfach eine Unaufmerksamkeit, aber es kam so überraschend und unglücklich zu dieser kleinen Berührung. Andreas stürzt mit der Maschine genau in Richtung Gegenfahrbahn vor ein entgegenkommendes Auto. Dessen Fahrer reagiert blitzschnell und legt eine Vollbremsung hin. Andreas wird von dem Fahrzeug nicht erfasst und auch nicht überrollt, sondern der PKW kommt in dem Moment zum Stehen, als Andreas - völlig ungeschützt - quer auf der Fahrbahn liegt und mit der Stoßstange Kontakt bekommt.

Das Eigenartige an diesem Straßenabschnitt ist, dass genau an dieser Stelle der Straßenbelag von „glatt" auf „rau" übergeht, und die Vorderräder des Autos auf diesem rauen Belag den vollen Gripp entwickeln.

Alle Beteiligten sind geschockt von den wenigen Sekunden dramatischen Geschehens. Es wird trotz allem ein Notarzt gerufen und Andreas kommt zur Beobachtung vorsichtshalber in ein Krankenhaus.

Da diese Klinik in der Nähe eines Truppenübungsplatzes liegt, wird er zu 2 Soldaten ins Zimmer gelegt, die beim Werfen von Übungshandgranaten schwer verletzt wurden. Und Andreas liegt nun zwischen den beiden unverletzt. Was für ein Gnadengeschenk!

Als mir Andreas diese Geschichte erzählt, läuft es mir kalt den Buckel runter.

Das Motorrad hat, soviel ich weiß, damals keinen großen Schaden abbekommen und wurde schnell wieder flott gemacht.

Jetzt müsste eigentlich die Geschichte weitergehen. Ich hatte nun Hoffnung, dass sich Andreas dadurch Christus nähern würde, weil er doch eine sehr dramatische Erfahrung machen durfte, aber er konnte das Erlebte nicht so einordnen, dass dies die Antwort auf sein Gebet hin war.

Später habe ich ihn nochmals darauf angesprochen, ob er mit seinen beiden Kollegen über diese Erlebnisse einmal eingehender gesprochen hätte – leider nein.

Es lief also eher in der Rubrik: „Nochmals Glück gehabt!".

Ich erzähle diese Geschichte ganz bewusst mit diesem „offenen Ende" und möchte zum Nachdenken anregen und zu einer Standortbestimmung einladen.

Es gibt sehr viele Geschichten, die eine Bewahrung vor schlimmen Unfallfolgen zum Thema haben, die aber nicht erzählt werden, weil man diese Tatsachen häufig wieder vergisst. In dem Moment ist man sicherlich dankbar, dass alles nochmals gut gegangen ist, aber eine richtige Reflexion des Erlebten findet nicht unbedingt statt.

Der Schreiber des 103. Psalms bringt es auf den Punkt:

„Lobe den Herrn meine Seele, und vergiss nicht, was ER dir Gutes getan hat, der dir deine Sünde vergibt, der deine Gebrechen heilt, der dein Leben vom Verderben erlöst….."

Wie viele Biker können nicht nur ein Lied davon singen, wie oft sie schon vor Unfällen bewahrt wurden, und sie es als „Glück gehabt" eingestuft haben. Ich möchte das aus meiner Sicht aber mit der Bezeichnung „gnädige Führung und Bewahrung Gottes" bezeichnen, die uns ganz bewusst aufwecken und in seine ausgebreiteten Arme führen will.

Seit meiner Hinwendung zu Jesus sind mir Erlebnisse dieser Art sehr wertvoll und sie bringen mich zu einem immer wieder neuen, frischen Gotteslob und einer von Herzen kommenden Dankbarkeit Jesus Christus gegenüber. Er sagte einmal: „Siehe, ich bin bei euch alle Tage, bis an der Welt Ende". Das erlebe ich oft ganz praktisch, wo ich spüre, dass Gott für mich sorgt.

Ich bin froh, dass ich ein persönliches Gegenüber habe, dem ich meinen Dank ausdrücken kann, und nicht einer gesichts- und namenlosen „höheren Macht" ausgeliefert bin, die anonym irgendwo im All herumschwebt, und die man landläufig als „Schicksal" bezeichnet.

Machen Sie es nicht so wie Andreas, der dieses Erlebnis für sich behalten hat, sondern denken Sie mal nach, wo Sie Erinnerungen haben, über die es sich lohnen würde etwas zu sagen. Ich mache Ihnen Mut und fordere Sie heraus, Ihre Lebenserfahrung zu teilen, selbst wenn Sie im Status „Fragen noch unbeantwortet" stecken. Möglicherweise stoßen Sie auf andere, die auch noch am Suchen sind, oder besser noch, Sie treffen auf jemanden, der Ihnen mit seinen Erfahrungen weiterhelfen kann.

z.B. → Bikers Helpline: 0176-30 191 110

3. TERMINE MIT GOTT

Wo gibt es denn so etwas? Ich bin doch ein freier Mensch, ein Biker, der fährt wo und wann und wohin er auch immer will, oder? Mir schreibt doch keiner was vor und schon gar nicht Gott! Ob ich mit Ihm etwas zu tun haben will oder nicht, entscheide immer noch ich!

Wie komme ich dazu, so eine Aussage zu machen: **Termine mit Gott?**

Individuelle Freiheit, Unabhängigkeit, losgelöst vom Mainstream, das ist doch das, was uns von den Werbestrategen vorgesetzt wird.

Ganz persönliche Freiheit durch die individuelle Wahl meines Motorrads in Leistung, Ausstattung usw. sollen uns versprechen, dass wir absolut glücklich werden.

Wir bezahlen zwar dafür, aber wir sind frei! Kein Herdentier, keine Uniform - aber wenn wir genau hinsehen, dann stellen wir fest, dass trotz aller Vielfalt die Freiheit doch irgendwie auf der Strecke bleibt. Aber was hat jetzt diese Freiheit als Biker mit dem oben genannten **Termin mit Gott** zu tun?

Wir sind der Meinung, völlig unabhängig zu sein - das ist ein Trugschluss. Den unausweichlichen Zwängen des Alltags und der Routine entfliehen wir auf unseren Maschinen, lassen alles Lästige hinter uns zurück. Wenn wir erst mal im Sattel sitzen, dann wird alles irgendwie wieder gut! Und wenn wir wieder nach Hause kommen, was hat sich verändert? Oft nichts. Es ist einfach nur später. Wir sind vielleicht happy über schöne Stunden, und trotzdem stellt sich bei genauerem Hinsehen immer wieder das uns schon bekannte Gefühl einer gewissen Leere ein.

Termine mit Gott? Ach was, er soll doch zufrieden sein; ich habe doch keinen umgebracht, also nicht getötet, ich lüge nicht, stehle auch nicht, ich breche die Ehe nicht, also was will er von mir?

ER will Dich! ER will mit Dir in Kontakt treten! ER möchte deine Aufmerksamkeit. ER will dich ernst nehmen, mit all deiner geglaubten Freiheit und Unabhängigkeit. Er will mit dir leben und an deiner Seite mit dir durch dick und dünn gehen.

Aber weil wir oft nicht hinhören und uns so arrogant und kaltschnäuzig ihm gegenüber verhalten, meldet er sich zu Wort und macht eben die Termine von seiner Seite aus.

Wer sich in der Bibel etwas auskennt, wird beim näheren Studieren feststellen, dass Gott schon immer Termine mit Menschen gemacht hat und nicht fragt, ob es ihnen passt. Ich durfte erfahren, dass ER sehr einfallsreich ist und sehr individuell auf uns zugeht.

Im Frühjahr dieses Jahres entdeckte ich in einem Geschäft, das Motorradzubehör verkauft, den Film „Easy Rider". Er wurde 1969 gedreht. Das war zu einer Zeit, in der alle gesellschaftlichen und moralischen Werte in Frage gestellt wurden: Vietnam-Krieg;

Woodstock; make love, not war; don't worry - be happy.

Frage: Wer kennt diesen Kult-Film der Biker Szene? Was hat dieser Film weltweit ausgelöst? Was ist die Botschaft dieses Streifens?

Zwei Amerikaner, Peter Fonda und Dennis Hopper, machen einen Deal mit Kokain.

Sie kaufen sich zwei Harley Maschinen. Die eine hat die US Flagge auf dem Tank und wird zur Ikone aller Chopper Freaks. Ihr Ziel ist der Karneval in New Orleans. Die Film-Musik spielt u.a. die Gruppe Steppenwolf. Bekanntester Titel: „Born to be wild“. Dennis Hopper fährt mit Hut. Peter Fonda fährt in der Regel ohne Helm, der hängt meist hinten an der Rückenlehne für den Sozius. Ein Tramper, Jack Nicholson, reist eine Strecke mit, wird aber in der Nacht von ganz schrägen Spießern mit Baseballschlägern totgeschlagen. Die beiden anderen überleben.

Spätestens hier ist das Ende der grenzenlosen Freiheit im Lande der unbegrenzten Möglichkeiten zu erkennen. Ignoranz, Willkür und blinder, selbstgerechter Stolz, Engstirnigkeit, Nationalismus und Fanatismus bringen dem einen den Tod. Die Reise geht trotz alledem einfach weiter. Die beiden kommen am Ziel in New Orleans an. Die Party beginnt. Unsere Helden treffen auf zwei leichte Mädchen und beschließen, mit ihnen auf LSD Trip zu gehen. Das Ganze findet auf einem Friedhof statt. Seltsam, oder? Die Kamera versucht durch irre Bilder einen Einblick in den LSD Rausch zu gewähren. Als sie von dem Trip wieder runter sind, machen sich unsere Helden auf den Heimweg.

Aber die Luft ist irgendwie raus. Als sie so unbeschwert auf dem Rückweg durch die Lande „biken“, werden sie von einem kleinen Lastwagen begleitet, in dem zwei Farmer älteren Jahrgangs sitzen. An der Rückwand des Führerhauses hängt eine Winchester. Einer der Farmer nimmt das Gewehr und schießt Dennis Hopper nach der Aufforderung „Lass dir mal die Haare schneiden“ vom fahrenden Motorrad einfach herunter. Voll ins Gesicht, die Maschine überschlägt sich und bleibt liegen. Dennis ist sofort tot! Peter Fonda stoppt und will sich ansehen, was soeben passiert ist. Er ist total geschockt, fährt wieder los, entweder um Hilfe zu holen oder die beiden Amokläufer zu verfolgen, aber die haben auch gewendet und kommen zurück. Unser Held wird nun auch zum Opfer und wird erschossen.

„Termine mit Gott?“
Der Film erzählt eine Zeitspanne von ca. 14 Tagen dieser Reise. Die Botschaft am Anfang heißt: live fast, love hard, die soon. Mach Deinen Deal - egal wie! Wer dabei draufgeht ist nicht dein Problem. Nimm dir was du willst, du bist frei - Born to be wild - Wer keine Drogen nimmt, hat keine Ahnung vom wahren Leben. Aber am Ende des Filmes bleiben zu viele Fragen offen: Drei sinnlos getötete Helden, und zwei zu Schrott gefahrene Harleys. Der Traum von Freiheit endet jäh in einem Alptraum. Hass auf Spießer und der große Wunsch, alles hinter sich zu lassen, sprießen auf. Wo bleibt die Gerechtigkeit? (Aber so etwas passiert ja nur im Film.)

Die Wirkung des Films in der Öffentlichkeit der 68er und folgenden Generationen: Weltweit kommt Harley Davidson groß in Fahrt. Rockerbanden bilden sich rund um den Globus. Der Verherrlichung von Sex, Drugs and Rock‘ n Roll bringt eine ganz neue Sorte von Motorradfreaks in die Szene. Viele Biker Clubs haben sich bezeichnende Namen gegeben, dass man von weitem schon den Spirit ‚riechen‘ kann. Äußere Symbole wie Ketten, Totenköpfe, Tätowierungen usw. werden von den harten Jungs getragen, die auch noch glauben, dass sie frei wären.

Ich hatte einen **Termin mit Gott** in Weinfelden in der Schweiz, Sonntag früh 6:30 Uhr, als mir völlig unangemeldet dieser Film in wenigen Sekunden vor meinem inneren Auge ablief. Gott hat mir auf eine ganz individuelle Art gezeigt, wie wichtig es ist, mit anderen Bikern über ihren Lebensstil, ihre Ziele und ihre Bestimmung zu sprechen.

Alle Menschen, ob Biker oder nicht, haben einen **Termin mit Gott!**

Damit es kein Gerichtstermin wird oder werden muss, hat ER Jesus Christus zu uns geschickt, denn ohne ihn können wir vor Gott nicht bestehen.

Gott hat ihn geschickt um Dich zu suchen und zu finden, damit Du nicht verloren gehst. Dafür bist Du ihm zu kostbar, als dass Du irgendwo ohne ihn sterben musst. ER lässt Dir heute sagen, dass Er dich liebt.

Beim Kult-Film Easy Rider kommen Gott oder Jesus nicht vor. Ich weiß auch nicht, ob die beiden Helden auf die Frage nach einer ewigen Bestimmung oder einer Beziehung zu Gott überhaupt ansprechbar gewesen wären. Aber ihr Ende war so trostlos, bitter und sinnlos, so sollst Du nicht enden!

Aus diesem **Termin mit Gott**, den ich nicht gesucht habe, ist der Bike Stopp entstanden. Lasst uns weiter über diese Themen, wo wir Gottes Bewahrung und seinen Segen erfahren haben, ins Gespräch kommen. Lasst uns darüber reden, was Gott uns schon alles an Gutem gegeben hat.

Lasst uns auch Fragen aufgreifen, wo Du deine Zweifel hast. Höre weiter zu, bilde dir dein eigenes Urteil und prüfe genau. Mach mal Stopp! Denk mal nach!

Ein Termin mit Gott...
Das Lied: "Herr ich sehe Deine Welt" bringt es auf Punkt. Es spricht auch davon, dass man ein Gespräch mit Gott beginnen kann, wenn einem klar geworden ist, dass es gut ist, sich Gott zuzuwenden, wenn man entdeckt, dass er sich in das Leben eingemischt hat, ohne Forderungen gestellt zu haben. Einfach aus Liebe zu uns. "Darum bete ich Dich an, weil ich nicht schweigen kann..."

Kleines Beispiel:

Ich hole meinen jüngsten Sohn mit dem Motorrad von der Schule ab. An einer Kreuzung steht ein weißer Golf. Ein alter Mann sitzt darin und schaut nach rechts, wir kommen von links. Er will aus einer Seitenstraße auf die Hauptstraße einbiegen. Ich bin nur wenige Meter von ihm entfernt. Ich fahre ca. 50 Km/h. Der Alte gibt einfach Gas, ohne auf mich zu achten. Ich habe keine Zeit, mir irgendetwas zu überlegen. Bremsen; reicht nicht – Gas geben; dafür ist es zu spät.

Ich husche nur noch wenige Zentimeter vor seiner Motorhaube vorbei.

Halleluja!! Es hat gerade noch irgendwie gereicht!

Mir geht die Düse! Danke Jesus!

So ein Blödmann, das hätte auch sehr dumm ausgehen können!

Ich merke, dass die Dankbarkeit in meinen Gedanken die Oberhand bekommt und ich für den alten Mann beten kann. Ich muss mich nicht aufregen, obwohl ich noch zittere. Hier hatte Gott irgendwie seine Hand ins Spiel gebracht. Ich bin so froh, dass mein kleiner Sohn nicht die Erfahrung eines Unfalls mit mir machen musste. Wenn er sich bei mir hinten draufsetzt, vertraut er mir ja. Ein Zusammenstoß mit dem Auto wäre bestimmt ein Schock für ihn gewesen. Für mich mit Sicherheit auch, und was daraus entstehen hätte können - nicht auszudenken!

Danke Jesus, dass du uns beide bewahrt hast!!

Termin mit Gott? Ja - zum Danke sagen.

Wann **dein Termin mit Gott** ist, weiß ich nicht, aber das Hier und Jetzt, das ist kein Zufall. Nutze die gute, angenehme Zeit zu einem Schritt in seine Nähe. Nutze die Stunde zum Gebet.

Wenn Du noch nie gebetet hast dann wäre hier mein Vorschlag: „Jesus, wenn es Dich wirklich gibt, dann zeige Dich mir".

Oder anders:

„Jesus, ich weiß, dass die bisherige Zeit meines Lebens ohne Dich eigentlich sehr gefährlich war. Ich habe den Fehler gemacht, Dich zu ignorieren oder Dich sogar zu beleidigen. Ich merke in mir, dass ich dadurch bei Dir eine große Traurigkeit ausgelöst habe. Es tut mir leid, ich hatte keine Ahnung wie weitreichend diese falsche Haltung war. Vergib mir bitte und zeige mir, wie ich mit Dir richtig leben kann. Danke für Deine Hilfe, Amen."

4. MEIN OLDTIMER UND ICH

Szene 1

Es blitzt und blinkt - der Chrom, der Lack, - alles ist in bester Ordnung. Ölstand stimmt, Tank ist voll, Batterie geladen, Kühlwasser ok, Reifen ok, schönstes Wetter! Früh am Morgen - kein Verkehr, nehme ich mir Zeit für eine schöne Ausfahrt mit meinem ‚Schätzchen'. Kein Termindruck, keine Verpflichtungen. Ich habe schon tagelang immer wieder die Straßenkarten durchsucht, um neue, unbekannte Strecken zu finden. Heute ist ein besonderer Tag für mein geliebtes Hobby.

Die mit Liebe gepflegte Ausrüstung wird angezogen. Lederkombi, Stiefel, Nierengurt, Helm, Handschuhe und los geht's!

Zündschlüssel steckt, der Motor springt tadellos an, schnurrt oder tuckert mechanisch völlig gesund und gibt 'fröhlich' seine Leistung ab.

Alles läuft perfekt. Ich bin innerlich so richtig ausgeglichen, zufrieden. Mit der Zeit werde ich richtig warm, wir passen heute ideal zusammen. Ich presse nicht zu viel aus der Maschine, fliege aber flott und unbeschwert über die Piste. Ich fühle mich frei!

Das Fahren macht einfach nur Freude. Die herrliche Landschaft mit den immer wechselnden Panoramen, der blaue Himmel, der Wald, die Berge und Seen, was gibt es nicht alles zu sehen! Und die Maschine läuft einfach super - ein Traum?!?

Nach vielen Kilometern - meine Streckenplanung hat mich nicht enttäuscht - erreiche ich mein Ziel. Vielleicht ist es ja auch nur wieder mein Ausgangspunkt, die eigene Garage.

Ich lasse den Motor gerade noch ein paar Augenblicke weiterlaufen, er hört sich gut an, sehr schön. Dann stelle ich den Motor ab. Es ist jetzt ganz ruhig.

Nein - hier und da noch die kleinen Geräusche, das Knistern und Knacken der heißen Teile, die sich beim Abkühlen wieder zusammenziehen.

Es war wunderbar! Ich war so gut drauf. Alles hat gepasst! Ich habe mich in solchen Momenten schon öfters gefragt: „Woher kommt diese tiefe Befriedigung, dieses „Eins werden“ mit einem technischen Gerät? Einer Maschine?“ Sie hat alle meine Befehle ausgeführt, auf sensible Führung reagiert und nicht widersprochen. Es lief alles glatt, so wie ich es wollte bzw. erwartet habe! Es war einfach perfekt.

Ich steige ab, gehe nochmals rundum, nur so zur Kontrolle, ach ja, da sind die Fliegen und leichten Verschmutzungen. Schnell ein Lappen und das richtige Reinigungsmittel zur Hand und kurz, aber doch gründlich den Schmutz entfernt. Eigentlich müsste ich jetzt „Danke“ sagen. Aber zu wem?

Stahl, Alu, Holz, Gummi, Leder und Kunststoff haben keine Ohren, können nicht hören oder gar reden. Es bleibt ein stummes Gegenüber.

Früher, mit Pferden, Maultieren, oder anderen Reit- und Tragtieren war das anders. Wer mit Tieren umgeht, der weiß: Hier braucht es einen echten Zuspruch - aber hier kommt im Grunde auch keine richtige Antwort. Aber Tiere sind lebendige Wesen und da kommt es dann doch irgendwie anders rüber wenn sie anschmiegsam werden oder folgen.

Aber zurück zum „Danke“ sagen! An wen wende ich mich? Wer nimmt mein Bedürfnis wahr? Mit wem rede ich da? Gibt es jemanden, der mich hört, jemanden, der meinen Dank annimmt?

Ja, es gibt jemanden! Den Gott, der uns geschaffen hat, der uns Leben und Atem gibt, der uns glückliche, tief befriedigende Momente in unserem Leben schenkt.

Zu ihm dürfen wir kommen und ihm in Jesus Christus begegnen. Er nimmt unseren Dank an. Mein Oldtimer hört mich nicht - Jesus schon. Ich habe mir zur Gewohnheit gemacht, dass ich am Beginn einer Fahrt bete:

„Jeden Schritt und jeden Tritt, geh´ du lieber Heiland mit, gehe mit mir ein und aus, führe du mich selbst nach Haus. Amen.“

Wenn ich als kleiner Junge das Haus verließ, um in den Kindergarten oder in die Schule zu gehen, dann war dies das Gebet meiner Mutter, das sie mit mir sprach. Ich habe es nach vielen Jahren - ohne Gott - dann später wieder neu entdeckt.

Ich muss ehrlich sagen, erst als ich mich Jesus zugewandt habe, wurde mir die Bedeutung dieses Kindergebetes in seiner vollen Bedeutung und Tragweite klar. Es ist überaus kostbar und wichtig.

Wenn ich dann so tief beglückt und heil wieder zu Hause ankomme, oder auch während der Fahrt, kommt oft dieses „Danke Herr Jesus“ für die verschiedensten Dinge aus tiefstem Herzen über meine Lippen.

Der Oldtimer, die Maschine, das Motorrad ist nicht mein Gott.

Diese Dinge sind uns zum Nutzen und zur Freude gegeben - aber niemals, um die Stellung eines Gottes oder Idols in unserem Leben einzunehmen.

Szene 2
Alles läuft anders - wie reagieren wir?!

Angenommen, das Wetter spielt mit, ich bin gesund und in der Lage, mir Zeit für mein Hobby zu nehmen, aber dann passiert doch etwas Unvorhergesehenes: Ein technischer Defekt. Ich bleibe schon nach ein paar Kilometern liegen. Vielleicht ist nur der Sprit alle, weil ich in der Hektik vergessen habe den Tank zu kontrollieren.

Schlimmer: Weit entfernt der Heimat geht nichts mehr. Niemand in der Nähe, draußen in der Pampa, kein Werkzeug dabei und keine Werkstatt in erreichbarer Nähe.

Manchmal kommt es ja auch zum einem Sturz aus eigenem Verschulden. So was von unnötig ! Einfach nur nervig - und dann noch die Kommentare der „Freunde“. Schlimmer noch: Ein Unfall durch Fremdverschulden, dazu noch mit Verletzungen und hohem Sachschaden ist noch katastrophaler. „Na, wo ist er denn nun, der liebe Gott, der so gerne hilft und uns angeblich „beschützt“? Ja, wo war er denn gerade? Konnten die Schutzengel nicht eingreifen? Wozu sind sie denn überhaupt da? Wenn es klemmt, ist dann niemand zu sehen! Sind wohl anderweitig beschäftigt gewesen?

Da ist es dann aus mit „Danke“ sagen, da wird nur noch geflucht und gejammert. Der ganze Tag im Eimer, alles futsch, es ist zum aus der Haut fahren! Da kommen dann nur noch Anklagen über unsere Lippen.

Ist dieser Jesus nur eine Randfigur, die man im Alltag viel zu leicht übersieht?

Hast Du Dir schon einmal Gedanken darüber gemacht, wie sich Gott fühlt, wenn Du so drauf bist? Wenn er nur Feuerwehr spielen darf, wenn‘s bei Dir gerade brennt, ansonsten hat er aber nichts zu melden? Er hat sich im Normalfall gefälligst zurück zu halten, soll aber sofort auf der Matte stehen, wenn bei Dir etwas schiefläuft.

Wo war denn der liebe Gott in diesen Zeiten? Hatten die Schutzengel nicht alle Hände voll zu tun, damit Du dich richtig austoben konntest?

All die vielen Kilometer, die er Dir geschenkt hat, wo Du deine helle Freude hattest, wo alles lief wie geschmiert und Du dich in keiner Weise beklagen konntest.

Du warst ja kaum zu bremsen und an diesen Tagen hätte es durchaus des Öfteren gekracht, wenn Gott nicht seine Hand im Spiel gehabt hätte. Dein Führerschein wäre wohl auch schon öfter mal weg gewesen, wenn dich die Polizei gesehen (geblitzt) hätte.

Aber mal ehrlich, wie sieht es denn aus mit deiner Position Gott gegenüber? Was machst Du denn, wenn er sich wirklich von dir zurückzieht? Hat er es sich dann bei dir versaut?

Braucht er gar nicht mehr zu kommen, oder bist Du schon ganz fertig mit ihm? Sieht er nur noch deine kalte Schulter bzw. dein wütendes Gesicht, wenn Du vor Wut schäumst und mit den Zähnen knirschst?

Müsstest Du dein Bild von Gott nicht erst einmal auf den Prüfstand stellen, ob das alles so seine Richtigkeit hat? Welchen Stellenwert hat denn Jesus, das Wort Gottes, die Bibel für dich?

Oder gilt das nur den Pfarrern und Priestern und den geistlichen Überfliegern, die ohne die frommen Märchen nicht klarkommen? Ich vermeide hier ganz bewusst das Wort „Kirche" um nicht alles in einen Topf zu werfen. Es gibt hier tatsächlich große Unterschiede, die man erst bei näherer Betrachtung zu unterscheiden lernt.

Als Motorradfahrer lesen wir doch bei Problemen auch schon mal das Fahrerhandbuch oder die Reparaturleitfäden - aber für unser Leben die Bibel lesen? Wäre das nicht auch mal eine Option zur Analyse unserer Schwierigkeiten?

Hast Du z.B. deinen Führerschein im Lotto gewonnen oder bei Tante Emma um die Ecke gekauft? Du musstest dich ganz natürlich mit Vorschriften und Regeln befassen, auswendig lernen und büffeln. Zwar nicht freiwillig und mit großer Lust, aber es war die Grundvoraussetzung dafür, dass Du überhaupt im großen Reigen der freien Fahrer mitmachen darfst.

Wenn Du die Gesetze der Fahrphysik überziehst, kommt es unter Umständen zum Sturz. Wenn Du die Verkehrsregeln brichst, wirst Du unter Umständen bestraft und der Führerschein ist weg. Wenn Du deine Maschine nicht pflegst, bleibt sie irgendwann mit Defekt stehen und streikt - gerade dann, wenn's nicht passt. So lässt sich auch die Beziehung zu Gott beschreiben: Ursache und Wirkung kann man nicht voneinander trennen. Das ist nun mal so und das wird auch immer so bleiben!

Eine Beziehung zu Jesus kannst Du nicht vorher erlernen, beginne sie einfach und erlebe, was Gott in deinem Leben tun wird!

Das Leben darfst Du mit ihm vollziehen - nicht allein aus eigener Kraft! Er ist dann mit dabei und hilft an allen Ecken und Enden, auch wenn Du es nicht unbedingt auf den ersten Blick gleich erkennen kannst. Das ist der Prozess, in den ER mit uns einsteigt. Da kommt dann der Effekt „lernen“ mit ganz anderer Priorität hinzu, denn aus den neuen Erfahrungen ziehen wir unsere Schlüsse und merken, dass seine Worte die Kraft haben, unser Leben neu zu gestalten.

Von seiner Seite aus stehen die Türen offen! Jesus sagte: „Kommt her zu mir alle, die ihr mühselig und beladen seid, ich will euch erquicken“ und an anderer Stelle: „Wer zu mir kommt, den werde ich nicht hinausstoßen!“

Was hindert dich, auf ihn zuzugehen und den Schritt in ein ganz neues Leben zu beginnen?

Ich will dich ermutigen, es heute zu tun! Nicht verschieben! Nicht auf die nächste Gelegenheit zu warten, die hattest Du unter Umständen schon öfters und hast nicht reagiert.

Wenn Du etwas auf dem Bike erleben willst, dann musst Du irgendwann aufsteigen und den Kickstarter bzw. den Startknopf betätigen. Dann geht es los. Wenn der Zündschlüssel nur im Schloss steckt, da passiert gar nichts. Und so ist es mit dem Glauben auch. Es ist eine aktive Sache, dynamisch und kraftvoll. Du wirst die „Kraft aus der Höhe“ von Gott empfangen, wie Jesus dieses Ereignis bezeichnet. Lass dich nicht weiter bitten, sondern komm.

Neue Motoren, schnellere Maschinen, Oldtimer oder Schnittmodelle werden uns nicht retten!
Dafür ist Jesus Christus gekommen.
Er weiß aus was Du gemacht bist, und wie Du funktionierst.
Gott kennt jedes Detail an Dir und er arbeitet mit sehr viel Liebe daran, Dich einmalig zu machen.
Das ist auch unser Motto, wenn wir Schnittmodelle anfertigen.
Soli deo Gloria - zu Gottes Ehre.
Wir arbeiten u.a. mit dem MoGo-Berkheim und der Trucker Church Kirchheim/Teck zusammen.

Johannes Grau
Fertigung v. Schnittmodellen
Daimlerstr. 26 - 28
D-73274 Notzingen
www.grau-schnittmodelle.de

5. FREI SCHNAUZE - WIE ES EBEN KOMMT

Es ist mal wieder soweit - ich muss raus. Raus aus dem Trott, raus aus der Hektik - weg, einfach mal wieder weg. Ohne Handy, ohne vorgeplante Route, einfach weg - allein sein. Frische Luft schnappen, keine Termine, Telefonate oder Leute, die etwas von mir wollen.

Meine kleine Enduro - Honda SL 125 - ist dafür bestens geeignet. In gut gepflegtem Zustand und für neue Abenteuer bereit. Ausrüstung minimal - Regenzeug und kleines Werkzeug, Hemd, Unterhosen, Socken ok. Übernachtung wird von Fall zu Fall gesucht, was es halt gibt. Auf jeden Fall nichts vorgebucht, damit kein Stress aufkommt, irgendwo pünktlich sein zu müssen.

Ein kurzer Stopp ist aber klar, der muss sein: Der Trautenhof in der Nähe von Jagsthausen, wo an jedem 1. Sonntag von Frühjahr bis im Herbst ein legendärer Motorrad Gottesdienst stattfinden soll. Ich bin gespannt, was ich dort an einem ganz normalen Werktag antreffen werde.

Die Strecke über Schorndorf, Murrhardt, Mainhardt, Künzelsau - sensationell!

Kleine Straßen, weit ab vom Mainstream, viele Kurven, sehr schöne, abwechslungsreiche Landschaft im schwäbischen Wald. Ländliche Idylle - idealer Einstieg zum Ausstieg.

Es braucht schon einige Kilometer, bis man sich von zu Hause gelöst hat und der Alltag einen loslassen muss.

Der Puls geht hoch, die Erwartung steigt - Trautenhof! Mein erstes und einziges Tagesziel kommt näher. Ich traue meinen Augen kaum: Außer einem großen Hinweisschild und dem Angebot an Kartoffeln und frischen Eiern weist hier gar nichts darauf hin, was hier jeden Monat im Sommer abgeht.

Ein schlichter Aussiedlerhof zwischen großen Ackerflächen. Landwirtschaftliche Geräte, Scheunen, ein Bauernhaus, Futtersilos. Das ist alles was ich zu sehen bekomme. Menschen - Keine.

Das ist er also, der legendäre Trautenhof - und ich werde wiederkommen und es mir live ansehen was passiert, das muss sein!

Nach 10 Minuten Foto-Pause geht es jetzt frei Schnauze weiter. Ich fahre einfach mal der Nase nach. Wo es mir interessant erscheint, biege ich einfach ab, und so treibt es mich einfach weiter nach Osten.

Hohenloher Ebene - die Verkehrszeichen, die einem jegliche Einfahrt in Feldwege verbieten werden weniger. Die Wege zwischen den Gehöften sind frei - das tut gut, und ich genieße die schöne Natur in vollen Zügen.

Ich bin in unbekanntem Gebiet unterwegs und finde mich irgendwann am späten Nachmittag im Steigerwald wieder. Dreieck Würzburg - Bamberg - Nürnberg.

Ich finde eine Unterkunft auf einem Bauernhof gleich neben der Dorfkirche. Die Bäuerin macht mir um 19:00 Uhr noch schnell die Ferienwohnung für nur eine Übernachtung zurecht und serviert mir eine fürstliche Brotzeit direkt aufs Zimmer.

Meine kleine Enduro habe ich zwischen den Traktoren und Erntemaschinen geparkt. Von meinem Balkon im 1. Stock kann ich sie sehen.

Ich nehme ein Bad und lege mich nach einem super schönen Fahrtag müde, aber glücklich ins Bett.

Die Dorfkirche gleich nebenan hat über der Eingangstüre einen bemerkenswerten Spruch in Stein gemeißelt: „Kommt, lasset uns anbeten!“ Das berührt mich, und ich freue mich sehr, dass diese Aufforderung immer noch gilt. Es entspricht der Grundhaltung meiner persönlichen Beziehung zu Gott.

Das Staunen über seine Liebe, seine Geduld, sein Erbarmen, der Respekt und die Achtung seiner Persönlichkeit, seiner Würde, seiner Heiligkeit, kommen in diesem Satz zum Ausdruck.

Am nächsten Morgen wache ich früh auf. Der 1. Blick aus dem Fenster geht zum „Parkplatz" meiner Maschine. Sie steht noch genau da, wo ich sie abgestellt habe.

Sehr gut, sehr beruhigend - Danke Gott, für die gute Nacht und die super geniale Unterkunft - Danke für diesen schönen Morgen.

Ich hole meine Bibel hervor und lese einige Kapitel des Propheten Jeremia. Zwischen den einzelnen Passagen wandert mein Bick immer wieder Richtung Fenster, wo ich das Geländer des Balkons sehen kann.

Schon vor meiner Abreise haben mich verschiedene Fragen umgetrieben:

Wie geht es eigentlich weiter? Was bleibt eigentlich außer der Arbeit für meine Kunden noch für mich übrig? Was bringt das alles? Wozu der ganze Aufwand und das unternehmerische Risiko? Was wird aus den Kindern?

Auch das Engagement in meiner christlichen Gemeinde fordert mich stark heraus. Den hohen Erwartungen meiner Zuhörer werde ich irgendwie nicht gerecht. Das ist jedenfalls mein Eindruck - Mir fehlt das entsprechende Feedback auf meine Dienste.

„Die Predigt war gut heute..." reicht hier nicht. Ich komme mir eher wie ein Versager vor, der sich zumindest nicht völlig erfolglos abmüht. Der sich nicht gänzlich nutzlos, aber dennoch demotiviert und schlapp durchschlägt.

Den passenden Bibelvers „Meine Kraft ist in den Schwachen mächtig..." kenne ich auch, aber der hilft in solchen Momenten des Erkennens der eigenen Unzulänglichkeiten nicht wirklich weiter.

Ich habe aber gelernt, dass Gottes persönlicher Zuspruch oft ganz unvermittelt und ohne große Vorankündigung kommt. Einfach so, Man kann sich darauf nicht einstellen, sonst wäre die ganze Geschichte des Glaubens ja kalkulierbar.

Eine göttliche Antwort wäre der eigenen Manipulation preisgegeben. So als würde man sich das Wort Gottes in die entsprechende Richtung so zurechtbiegen können, wie man es gerne hätte.

Plötzlich fliegt ein kleiner Spatz auf die Brüstung des Balkons und zwitschert ziemlich frech sein kleines Spatzenlied. Er ist unbekümmert und lebensfroh!

Es sind nur Sekunden, in denen ich diesen kleinen Vogel beobachten kann. Dann ist er ebenso schnell wieder verschwunden, wie er gekommen ist. Diese kleine Begebenheit prägt sich bei mir aber ganz tief ein. Ich ahne nicht, wie nachhaltig diese kurze Begegnung mit diesem kleinen Geschöpf sich im Nachhinein auswirken würde.

Da gibt es die berühmte Stelle Matthäus Kap. 6 in der Bibel, wo Jesus über nutzloses Sorgen spricht: „Seht doch die Vögel an, sie säen nicht, sie ernten nicht, sie haben keine Scheunen, und ihr himmlischer Vater ernährt sie doch, wozu macht ihr euch Sorgen?"

Die Frage nach Nahrung, Kleidung und Versorgung - aus der Sicht eines Juden - beschäftigt die Heiden, die von Gott nichts wissen.

Von seinen Jüngern erwartet Jesus, dass sie eine andere Sicht entwickeln und auf Gott vertrauen, dass er sie schon rechtzeitig mit allem Notwendigen versorgen wird.

Nachdem mir diese Stelle spontan vor Augen steht, habe ich verstanden, dass die schweren Gedanken die mich umtreiben, mich nicht weiterbringen.

Das war deutlich, aber es reichte mir in dieser Form noch nicht, denn es gibt ja die Möglichkeit, dass man zu jeder Gelegenheit irgendwie einen „passenden Vers" aus der Heiligen Schrift zitieren kann, egal ob es passt oder nicht.

Irgendwie bin ich mit dem Thema „Spatzen" noch nicht fertig. Irgendwo gibt es da noch weitere Hinweise, ich weiß das genau, aber wo? Und in welchem Zusammenhang? „... kauft man nicht Sperlinge um 2 Groschen...?"

Das klingt irgendwie spannend, denn ich habe diese Worte ganz lebendig vor Augen, ja es ist so, wie wenn ich die Worte hören könnte, obwohl niemand im Raum ist. Ich bin ganz allein - und doch geschieht hier etwas Eigenartiges.

Ich kann beim besten Willen nicht sagen, wo und in welchem Zusammenhang Jesus diese Worte gesagt hat, aber heute werde ich über die Fragen nach Sinn und Zweck getröstet und aufgebaut, bekomme neue Kraft und Freude für den neuen Tag.

Die Bäuerin bringt mir ein einfaches, aber leckeres Frühstück. Vor meiner Abreise kommen wir noch ins Gespräch über den Glauben. Sie erzählt mir eine schlimme Situation aus ihrem Alltag. Ich höre nur zu. Ermutige sie, sich weiter an Gott zu halten, ihn zu suchen und ihm zu vertrauen.

Ich schenke ihr zum Abschluss noch eine „Trucker Bibel", in der es zusätzlich zum neuen Testament auch noch ermutigende Lebensberichte gibt, und spreche ihr Gottes Segen zu. Nicht Anklage und Zweifel sind die Basis des Glaubens, sondern Dankbarkeit und Vertrauen.

Die Bäuerin bedankt sich bei mit für das kurze, aber intensive Gespräch und gibt mir noch zusätzliche Wegzehrung mit.

Ich starte in den Tag mit meinem kleinen Gebet aus meiner Kindergartenzeit: „Jeden Schritt und jeden Tritt, geh du lieber Heiland mit, gehe mit mir ein und aus, führe du mich selbst nach Haus."

Routinemäßig wird am Morgen der Ölstand im Motor geprüft - alles ok - dann geht´s los...

Ab jetzt finde ich viele offene Feldwege, die nicht mit Verbotsschildern zugepflastert sind. Die Strecken zwischen den Gehöften und Ortschaften sind fast alle offen - nur für mich allein?? Sensationell - Aber wie war das nochmals mit den Spatzen? Ich werde diese Gedanken nicht mehr los und es entfalten sich unendlich viele Bilder und Beispiele in meinem Kopf.

Ich bin dadurch nicht abgelenkt oder im Fahrvergnügen eingeschränkt, nein im Gegenteil es fließt alles wie von selbst, ohne dass ich mich anstrengen muss.

Viele Christen denken sehr klein von sich. So wie es mir bis vor kurzem noch erging. Das Selbstvertrauen ist schwach ausgebildet. Die eigene Wahrnehmung eher kleingläubig, geringschätzig, gleichgültig, abgestumpft.

Was soll an mir, dem kleinen Spatz, schon wichtiges dran sein? Ich habe nicht einmal ein prächtiges Gefieder, nein, ich kleide mich sogar in Tarnfarbe, damit mich niemand sieht. Ich tauge doch zu nichts. Man züchtet keine Spatzen zum Essen als Geflügel, es gibt keinen Platz für mich, nicht einmal im Zoo. Die Leute verjagen mich oft, schießen mit Kanonen auf mich. Nur in Ausnahmefällen werde ich von älteren Leuten mit kleinen Brotkrumen gefüttert.

Was bedeute ich schon, wer will etwas von mir wissen? Man interessiert sich ganz einfach nicht für mich. Alleine, klein und schwach kann ich sowieso nichts ausrichten.

Das wäre ganz anders, wenn ich ein Adler wäre. Der stechende Blick, Adleraugen, die scharfen Krallen, die mächtigen Schwingen, der majestätische Flug, die weit hörbare Stimme, das Nest, der Adlerhorst, weit ab von jedem menschlichen Zugriff sicher auf einem hohen Felsen. Das wäre doch etwas ganz anderes.

Jeder würde zu mir aufblicken. Die Probleme sähe ich mir von oben an, und scharrte nicht mit den Hühnern im Sand. Nein, König der Lüfte, ein königliches Tier, geschaffen als Wappentier für die großen Herrscher dieser Welt - ein Bundesadler, auf Münzen geprägt für die Ewigkeit. Sogar in der Bibel ist in Psalm 103 von mir die Rede: „Auffahren mit Flügeln wie ein Adler..."

Aber als Spatz? Keine Chance auf irgendwelche Bedeutung oder Beachtung. Zur Bedeutungslosigkeit verdammt. Allerhöchstens schaffe ich Mittelmäßigkeit. Wozu bin ich überhaupt da?

Meine Gedanken kreisen, und ich lasse es einfach zu.

Mein kleines Motorrad ist guter Laune. Ich kann bei schönstem Wetter diese herrliche Zeit genießen und ganz vom Alltag entspannen und mich fallen lassen. Ganz ohne Stress.

Nach 4 Tagen bin ich wohlbehalten wieder zu Hause. Schöne Stunden liegen hinter mir. Es ist alles gut gegangen, hatte keine Not, keine Panne - Gott sei Dank!

Aber die Spatzen lassen mich nicht mehr los. Zu Hause hole ich mein Stichwortverzeichnis (Konkordanz) her und suche nach der Stelle, wo Jesus über die Spatzen spricht. Er hat nie etwas über Adler gesagt, sondern ganz bewusst über die kleinen Vögel, die Spatzen.

Ich werde im Evangelium von Matthäus in Kapitel 10, Verse 29-33 fündig: „nicht einmal ein Spatz, der doch kaum etwas wert ist, kann tot zu Boden fallen, ohne dass es euer Vater weiß. Selbst die Haare auf eurem Kopf sind alle gezählt... Ihr seid mehr wert als ein ganzer Schwarm von Spatzen".

Diese Worte stehen im Zusammenhang mit der Aussendung der 12 Jünger.

Als ich dieses ganze Kapitel im Zusammenhang gelesen hatte, war mir klar, was Gott mir zu sagen hatte:

„Denke nicht so klein und unwürdig von dir selbst!"

Ermutige andere Christen, auf diese Stellen zu achten und selbst aktiv zu werden, denn Jesus ist mit uns und für uns und stellt sich sogar vor uns vor Gott!

Das ist mehr wert als alles Geld und aller Ruhm auf dieser Welt.

Mein persönlicher Eindruck: dieses Kapitel in der Bibel ist eines der härtesten und ehrlichsten überhaupt. Die Offenheit und Klarheit von Jesus hat mich gestärkt. Ich habe die Richtigkeit in seinen Aussagen schon mehrfach im eigenen Alltag erlebt.

Als krönenden Abschluss meiner Geschichte möchte ich Dir einen Besuch im Internet empfehlen:

- China und die Spatzen
- Ausrottung der 4 Plagen
- Mao und die Spatzen

Ich kann nur sagen, dass die gute Botschaft von Jesus von den Spatzen von den Dächern „gepfiffen" werden muss.

Ein einzelner Spatz fällt nicht auf, aber wenn ein Schwarm von ihnen unterwegs ist, dann sind sie unüberhörbar und man sieht sie auch.

Viele Gegner des christlichen, biblischen Glaubens verhalten sich wie Mao. Am besten alle Christen zum Schweigen bringen oder vernichten. Dann wäre man die unliebsamen Zeitgenossen los und könnte ohne Kritik alles tun was man wollte, ohne an Gott und seine Gebote oder wichtigen Empfehlungen erinnert zu werden.

Aber was kommt danach, wenn man Gott zum Schweigen gebracht hat?

Dann hat nur noch das Böse etwas zu sagen...

Als ich die Geschichte von Mao in unserer öffentlichen Bücherei durch Zufall entdeckt hatte, war es mir wie eine Offenbarung. Wie konnte Jesus vor 2000 Jahren so einen engen Bezug zwischen Spatzen und seinen Jüngern aufzeigen?

Könnte das mit unserer heutigen Situation etwas zu tun haben?

Christen werden auf der ganzen Welt offen verfolgt - und es ist fast niemand da, der etwas dagegen unternimmt. Besser gesagt unternehmen kann?

Eine Geschichte, frei Schnauze - wie es eben kommt!

Johannes Grau

Hier noch ein paar Bilder vom Motorradgottesdienst auf dem Trautenhof. Als ich das sah, wunderte ich mich schon sehr über das traditionelle Bild von Kirche und Gemeinde. Da haben wir doch irgendwie etwas verpasst!

Viele Gruppen wurden schon von dieser Veranstaltung inspiriert, ebensolche Events zu starten. Und diese Angebote werden von vielen Motorradfahrern gerne angenommen.

Während der Saison gibt es praktisch an jedem Wochenende irgendwo im Lande die Möglichkeit sich einem „Spatzenschwarm“ zu nähern und dem Gezwitscher mal zuzuhören.

6. KEIN PLATZ

Auf einer Tour im Allgäu versuchte ich ein Nachtlager zu finden. Aber überall wurde mir gesagt: „Kein Platz, alles belegt!“ Die Parkplätze vor den Gasthöfen waren aber in der Regel leer?!? Ich war den Herrschaften in meiner Biker Kluft wohl nicht fein genug? Ich erinnerte mich an die Weihnachtsgeschichte, da war auch kein Platz in der Herberge.

Kurz vor Einbruch der Dunkelheit, wurde ich nach stundenlanger Suche endlich fündig. Die Wirtin warnte mich vor dem Zubettgehen: „Morgen früh um sechs Uhr werden Sie von den Kirchenglocken geweckt.“ Der Gasthof stand direkt neben dem Gotteshaus. Und tatsächlich am nächsten Morgen schaute ich zum Fenster hinaus, um zu sehen, ob sich jemand zum Frühgebet einfinden würde. Fehlanzeige! Als ich nach dem Frühstück zusammenpackte, fiel mein Blick auf einen Kalender an der Wand, auf dem jeden Monat eine Kapelle oder Kirche zu sehen war auf der deutlich das Kreuz im Zentrum war.

Da es draußen nach Regen aussah, nahm ich mir noch etwas Zeit, und ging mit dem Kalender zur Wirtin. „Fällt Ihnen etwas auf?“ fragte ich sie, als ich ihr alle Bilder gezeigt hatte.

Sie bemerkte, dass das ja alles schöne Aufnahmen aus der Gegend seien. Ihr Sohn würde bei der Bank arbeiten, die diesen Kalender herausgegeben hatte. Er würde in ca. einer halben Stunde auch kommen, dann könnte ich ihn genauer über das Thema befragen.

Ich antwortete ihr, dass die Bilder stets das Kreuz im Mittelpunkt hätten und das sei für mich auch ganz wichtig. Ich wollte noch wissen, wo die Leute wohl lieber hingehen; ins Gasthaus oder in die Kirche? Am Abend zuvor war die Gaststätte voll besetzt, doch beim Läuten der Glocken um sechs Uhr kam keiner zum Gebet in die Kirche.

Mein Vorschlag an Sie war: „Da müsste man die Gottesdienste glatt ins Gasthaus verlegen“. Wir lachten beide über diese Vorstellung. Und ganz ungeplant waren wir plötzlich mitten in einem Gespräch über Gott und die Welt.

Meine Geschichte hat sie sehr tief beeindruckt. „Da haben Sie aber etwas kostbares erkannt, das findet nicht jeder“, gab sie mir zu verstehen.

In der Zwischenzeit hatte sich der Regen aber nicht verzogen, sondern setzte erst richtig kräftig ein. Auch die Zeit des folgenden Gesprächs mit dem Sohn der Wirtin brachte hier keine Aussicht auf Besserung und so startete ich nachdem ich ihm noch eine Biker Bibel überreichen durfte mit Plastiktüten um die Stiefel gewickelt in den strömenden Regen.

Ich muss zugeben, dass ich noch viele Kilometer vor mir hatte, und schon beim Start nass zu werden, ließ erst einmal keine gute Laune aufkommen.

„Seid dankbar in allen Dingen, auch bei schlechtem Wetter!“ So lautet die biblische Empfehlung des Apostels, und je länger ich fuhr, desto mehr kam in mir eine eigenartige Freude auf, denn die Gespräche mit den Wirtsleuten waren so ermutigend für mich gewesen, dass ich über mich selbst nur staunen konnte. Mit völlig fremden Menschen in solch tiefgehende Themen einsteigen zu dürfen, passiert mir auch nicht jeden Tag. Nach einiger Zeit begann ich dann während der Fahrt einfach aus lauter Freude und Dankbarkeit zu singen: „Du großer Gott, wenn ich die Welt betrachte... dann jauchzt mein Herz dir großer Herrscher zu, wie groß bist du, wie groß bist du...!"

Das ist ein altes Kirchenlied, aber für mich war es absolut frisch und fröhlich und sprach mir ganz und gar aus der Seele.

Gegen Mittag hörte der Regen auf, die Straßen wurden trocken, die Sonne kam heraus und ich durfte einen wunderschönen sonnigen Fahrtag erleben. Ich wurde richtig beschenkt und entschädigt. Gott sei Dank dafür.

Ich könnte noch viele Geschichten erzählen, aber ich mache hier erstmal Schluss.

Vielen Dank für Dein Interesse.

7. DANK

Zum Schluss möchte ich JESUS CHRISTUS von ganzem Herzen danken, für mein Leben das ich neu durch IHN geschenkt bekam! Der Dank geht auch an meine Frau Bringfriede und an meinen Sohn Christian für ihre wertvolle Hilfe bei der Erstellung dieses Buches.

Familie Grau

Printed by Books on Demand GmbH, Norderstedt / Germany